পদ্মশ্রী প্রাণ

ন্তওয়ার্ল্ড এন্সাইক্লোপীডিয়া অফ্ কমিক্স্‌দ-য়ের এডিটর মরিস হর্ন কার্টুনিস্ট প্রাণকে ন্তওয়াল্ট ডিজনী অফ্ ইণ্ডিয়াদ আখ্যা দিয়েছেন। ওনার রচিত কমিক্স প্রজন্মের-পর-প্রজন্ম ধরে দেশের নবযুবকদের সাথী হয়ে থেকেছে। তারা প্রাণের সৃষ্ট চরিত্র চাচা চৌধুরী, সাবু, শ্রীমতি জী, পিঙ্কী, বিল্লু, রমন ইত্যাদির মনোরঞ্জনের ভরপুর আনন্দ উঠিয়েছে। ওনার ফওও-রও বেশী টাইটল্স্‌ মার্কেটে বিক্রী হচ্ছে এবং স্ট্রিপ্স্‌ বেশ কিছু ন্যুজ পেপার্সে প্রকাশিত হচ্ছে। চাচা চৌধুরীর ওপরে তৈরী টি.ভি. সিরীয়াল লাগাতার ঠওও এপিসোড পর্যন্ত এক প্রমুখ টি.ভি.চ্যানেলে দেখানো হয়েছে।

বিশ্বের বেশ কিছু দেশে সফর করা, সেখানকার কন্ফারেন্সগুলোয় কার্টুন্সের ওপরে বক্তব্য প্রদানকারী প্রাণকে ন্তলিমকা বুক অফ্ ওয়ার্ল্ড রেকর্ডস্‌দ ন্তপীপল অফ্ দ্য ইয়ার্দ সম্মানে সম্মানিত করেছে। অঞ্ধট সালে ওনার কমিক বুক – ন্তরমন, হম এক হ্যায়ঁদ-য়ের বিমোচন দেশের তৎকালীন প্রধানমন্ত্রী শ্রীমতি ইন্দিরা গান্ধী করেছিলেন।

– প্রকাশক

চাচা চৌধুরী জিব্রানো

এবার পড়ো...!
রহস্যময়ী তরঙ্গ ঠিক তোমার মতই মানুষের রূপ ধারণ করেছে, সাবু।
এ আমার গ্রহ জুপিটার থেকেই এসেছে। এর নাম হচ্ছ মাকাবু।
হ্যাঁ, আমি মাকাবু! জুপিটার গ্রহের সেনাপতি।
রহস্যময়ী তরঙ্গের রূপে আমি বেশ কিছুদিন ধরে এই শহরে মজুদ ছিলাম... আমি জানতাম যে, তোমরা এখানে ঠিকই আসবে।

2

তুমি এখানে আমাদের সাথে দেখা করার জন্য রহস্যময়ী পদ্ধতিতে কেন মজুদ ছিলে ?
তোমার মগজ অত্যন্ত প্রখর... তাই আমার উদ্দেশ্য বুঝতে পেরে গেছ।
এর একটাই কারণ, সাবু...!
মাকাবুর মতি-গতি আর উদ্দেশ্য – কোনটাই ভালো নয়।
এর পুরস্কার হিসেবে তুমি মৃত্যু পাবে।

দাঁড়াও, মাকাবু... চাচা জী-র থেকে দূরে থাকো।
এখান থেকে চলে যাও।
আগে তোকেই শেষ করি।

আমিও জুপিটার গ্রহের বাসিন্দা !
আমাদের দুজনের শক্তি এক সমান !
চাচা চৌধুরীর সামনে নির্ণায়ক লড়াই শুরু হয়ে পড়েছিল...!

এই ফাঁকে চাচা চৌধুরীর বাড়ীতে...!
হা-হা-হা! চাচা চৌধুরী বাড়ীতে নেই।
যা কিছু মাল আছে, আমাদের হাতে তুলে দাও।
চাচা চৌধুরীর অবর্তমানে ওর বাড়ী লোটার মজাই আলাদা।
আরে... এই কুকুরটা!
তখনই...!
সব বার করো।
ভো!

আঙ্ ঈ !
আউ !
হাতে কামড়েছে।
আউ !
শাবাশ, রকেট !

পুলিশ আসা পর্যন্ত এটাই ঠিক হবে।
আউ! পুলিশ তাড়াতাড়ি ডাকো... নয়তো এ্যাম্বুলেন্স ডাকতে হবে।
পুলিশ!! বাঁচাও!!
বেঁচে গেছি... আউ!
আমি আর কোনদিন চুরি করব না। হিমালয়ে গিয়ে তপস্যা করব।
রকেট! আমি কখন থেকে তোকে খুঁজছি।
যা, চাচাকে খুঁজে নিয়ে আয়। খাবার খাওয়ার সময় হয়ে গেছে।

চাচা জী এক সমস্যায় পড়ে গিয়েছিলেন।
কে জানে, ও কোথায় ?
ফর্মূলা নম্বর খতা, সাবু !
এই নিন, চাচা জী !
ভড়াক !
এটা আপনার ফরমায়েশে, চাচা জী !
ভড়াক !

মাকাবুকে কাবু করা অত সহজ নয়।
সাবু!
তোমার আর মাকাবুর শক্তি সমান-সমান, সাবু!

এর মোকাবিলা করার জন্য আমাদের ফর্মুলা নম্বর খটা আর যখয় গ্রহণ করতে হবে।

হ্যাঁ, চাচা জী! আমি ফর্মুলা নম্বর খটা গ্রহণ করছি

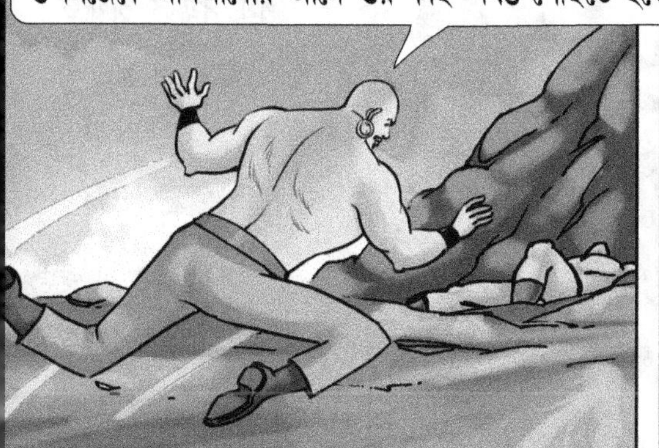

ও নিজেকে সামলানোর আগে ওর কাছ পর্যন্ত পৌঁছতে হবে।

ওর ওপরে আঘাত হানতে হবে!

ওকে এমন এক বড় পাহাড়ীর নীচে নিয়ে যেতে হবে...!
... যেখানে ওর ওপরে ফর্মূলা নম্বর যখয় সহজে প্রয়োগ করা যাবে।
ওফ্ ফ্!
ওহো!
মাকাবু ভাঙা পাহাড়ের তলায় চাপা পড়ে গেছে। ফর্মূলা নম্বর যখয় সফল হয়েছে।

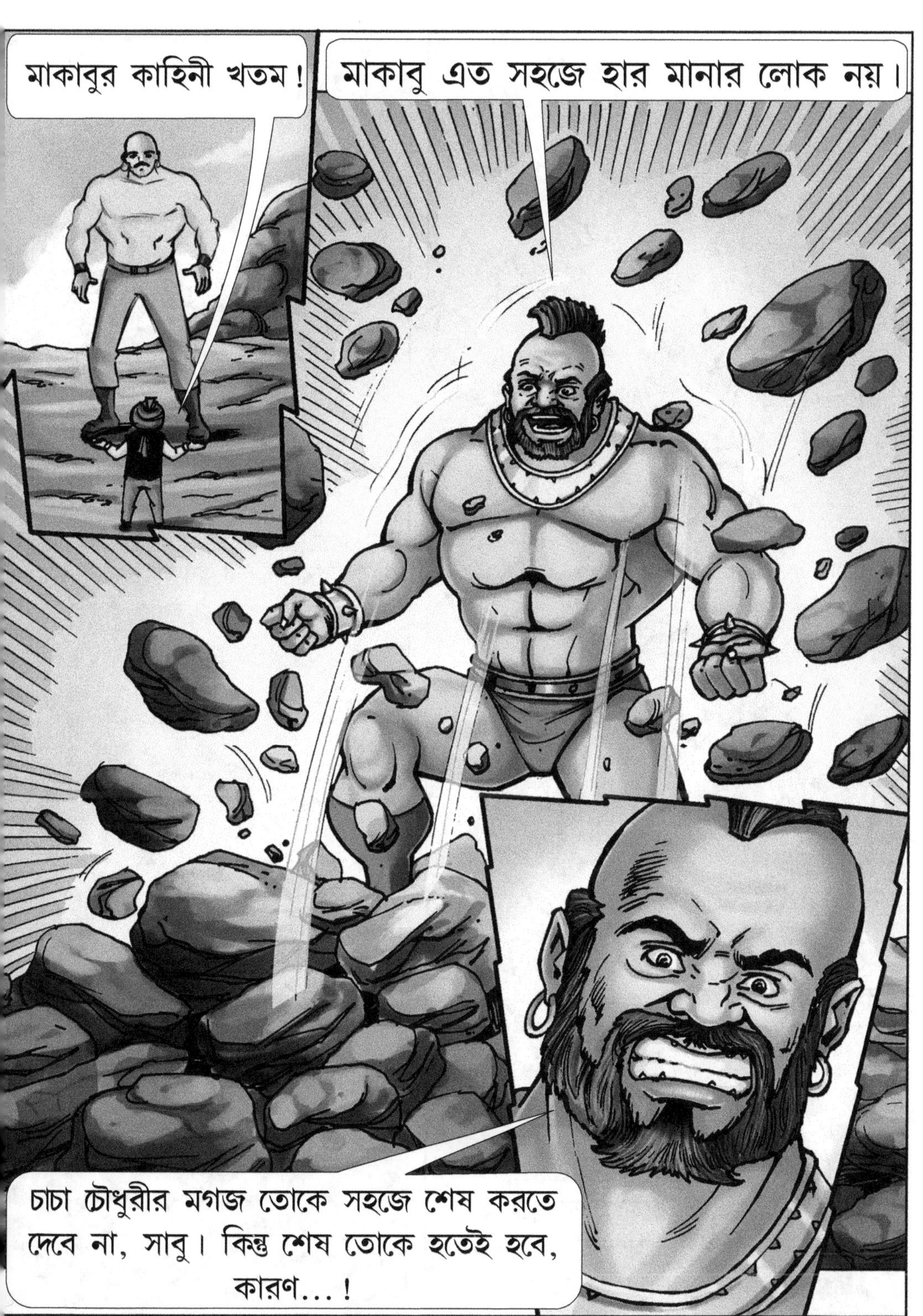
মাকাবুর কাহিনী খতম!
মাকাবু এত সহজে হার মানার লোক নয়।
চাচা চৌধুরীর মগজ তোকে সহজে শেষ করতে দেবে না, সাবু। কিন্তু শেষ তোকে হতেই হবে, কারণ...!

আমি সম্পূর্ণ প্রস্তুতি নিয়ে এসেছি।
কি সেটা ?
ওহো ! এর বুকে এক অদ্ভূত বর্ম প্রকট হচ্ছে।
আমার এমন শক্তি...!
... যার থেকে ঘাতক হাতিয়ার বার হয়।
ওহো !
ধড়াক !

ওহো !
পড়াক !
সাবু, সামলে !
কি করে সামলাবে ?
ধাড় !
আমার হাতিয়ার সামলাতে দেবে না।
তুমিও এর নিশানা হও !
ধাড় !
ওফ্ ফ্ !

মাকাবু নিজের যে হাতিয়ারের জোরে আমাদের মাত করছে... সেটার ব্যাপারে চিন্তা করো।
চাচা জী, সামলে!
আমার চিন্তা ছাড়ো, সাবু!
এটা আমার জুপিটার ছেড়ে আসার পরের প্রযুক্তি, চাচা জী!
ওর সব শক্তি ওর বুকের বর্মে মজুদ রয়েছে। ওটা যতক্ষন রয়েছে... ওর সাথে লড়া সম্ভব নয়।
ওর সাথে কি ভাবে লড়া যাবে, আমার মাথায় ঢুকছে না... আপনিই কিছু একটা ভাবুন।
ভৌ!
ওর বর্ম ওর বুক থেকে কি করে সরানো যায়? বুঝতে পারছি না।

রকেট, তুমি এখানে কি করছ ?
ভৌ ! ভৌ !!
চলে যাও... নয়তো আমাদের সাথে-সাথে তোমার প্রাণও বিপদে পড়ে যাবে।
দাঁড়াও, রকেট। আমাদের সমস্যার সমাধান তুমি বার করতে পারো।
শোন, তোমাকে কি করতে হবে।
বুঝেছ ? এবার যাও... কিন্তু সাবধানে।

17

আমাদের পক্ষে এটাই ভালো।
রকেট মাকাবু পর্যন্ত পৌঁছতেই...!
রকেট মাকাবু পর্যন্ত পৌঁছে গেছে... মাকাবু জানতেও পারেনি। ও সাবুকে শেষ করার চিন্তায় লেগে রয়েছে।
রকেট ওকে কামড়ে দিল!
ওহো... আমার বর্ম!
সাবু! এবার আর ওকে সামলানোর সুযোগ দিও না।

ও.কে., চাচা জী!
আমি একে নিজেকে সামলাতে দেব না!
যা এখান থেকে!
কোথায় গেল ও?
আহ্‌হ্‌হ্‌!!!
গেছে তো অন্তরীক্ষে...
কিন্তু জুপিটারে নয়।

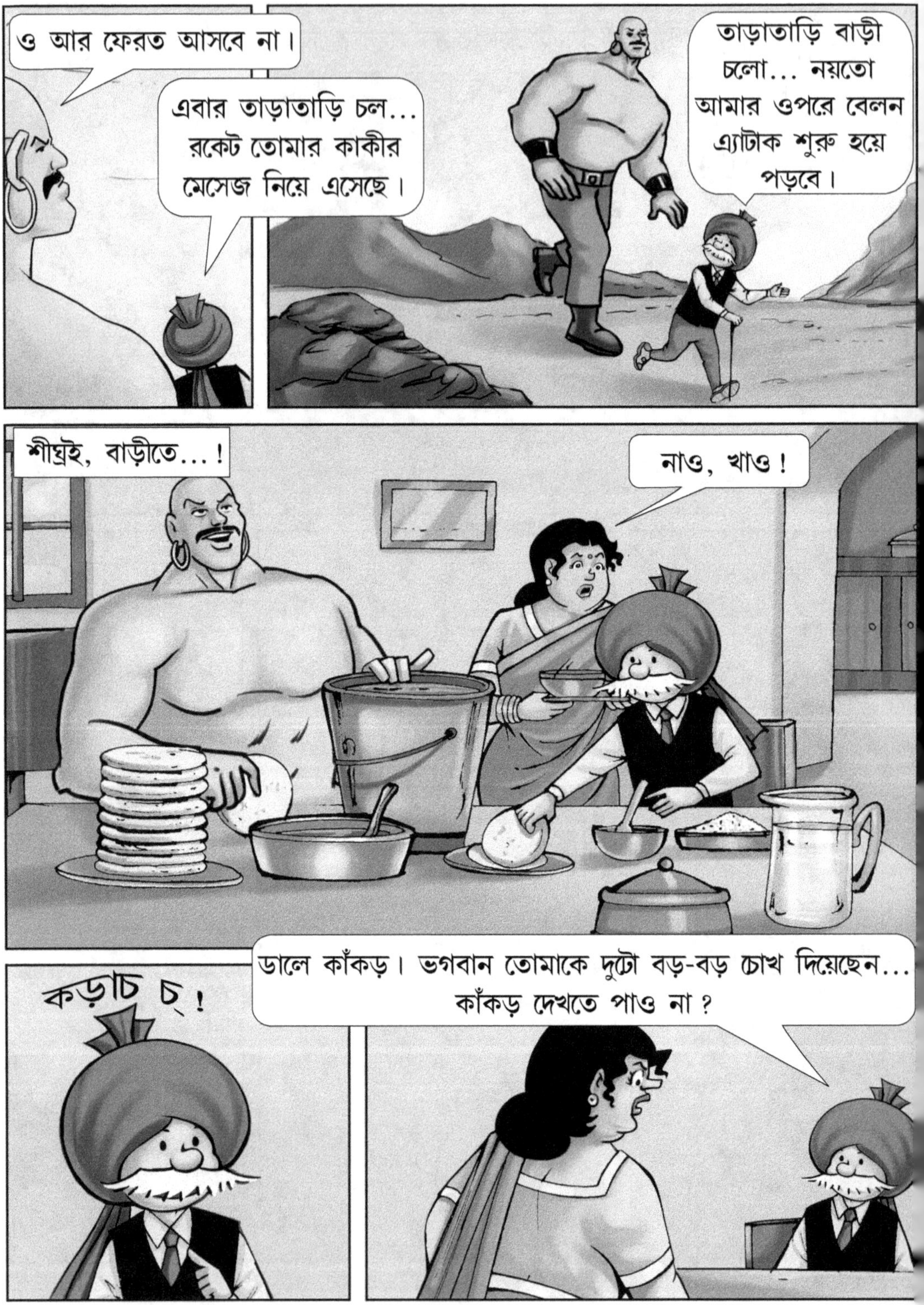

ও আর ফেরত আসবে না।
এবার তাড়াতাড়ি চল... রকেট তোমার কাকীর মেসেজ নিয়ে এসেছে।
তাড়াতাড়ি বাড়ী চলো... নয়তো আমার ওপরে বেলন এ্যাটাক শুরু হয়ে পড়বে।
শীঘ্রই, বাড়ীতে...!
নাও, খাও!
ডালে কাঁকড়। ভগবান তোমাকে দুটো বড়-বড় চোখ দিয়েছেন... কাঁকড় দেখতে পাও না ?

কড়াচ্ চ্ !

সেই ভগবানই তোমাকে বত্রিশটা দাঁত দিয়েছেন... ছোট একটা কাঁকড় চিবোতে পারো না ?
চাচা জী ! আমি আপনাকে আর কাকীকে কখনো এক সাথে হাসতে দেখিনি।
আমি যখন তোমার চাচা জী-র ওপরে বেলন ছুঁড়ে মারি আর সেটা সঠিক নিশানায় লাগে... তখন আমি হাসি।
আর নিশানা ব্যর্থ হলে তোমার চাচা জী হাসে।
হো ! হো !!
সাবু ! খাবার খাওয়ার সময় কথা বলা উচিত নয়।
হো-হো-হো ! বুঝে গেছি, চাচাজী !
© PRAN'S FEATURES

টি.ভি.-তে একটু নিউজ চ্যানেল দেখা যাক।
সাবু ! চলো... আমাদের কপালে বিশ্রাম করা লেখাই নেই।

ফিউচার সিটিতে ভয়ংকর হামলা !
ওহো ! BREAKING NEWS
হা-হা-হা ! আমার নাম জিব্রানো ! হা-হা-হা ! !

এই শহরে আতংকের নতুন নাম –
জিব্রানো ! হা-হা-হা !

দাঁড়াও !

চাচা চৌধুরী ! ফিউচার
সিটির রক্ষক !

আমি তোমাকেই
খুঁজছিলাম ।

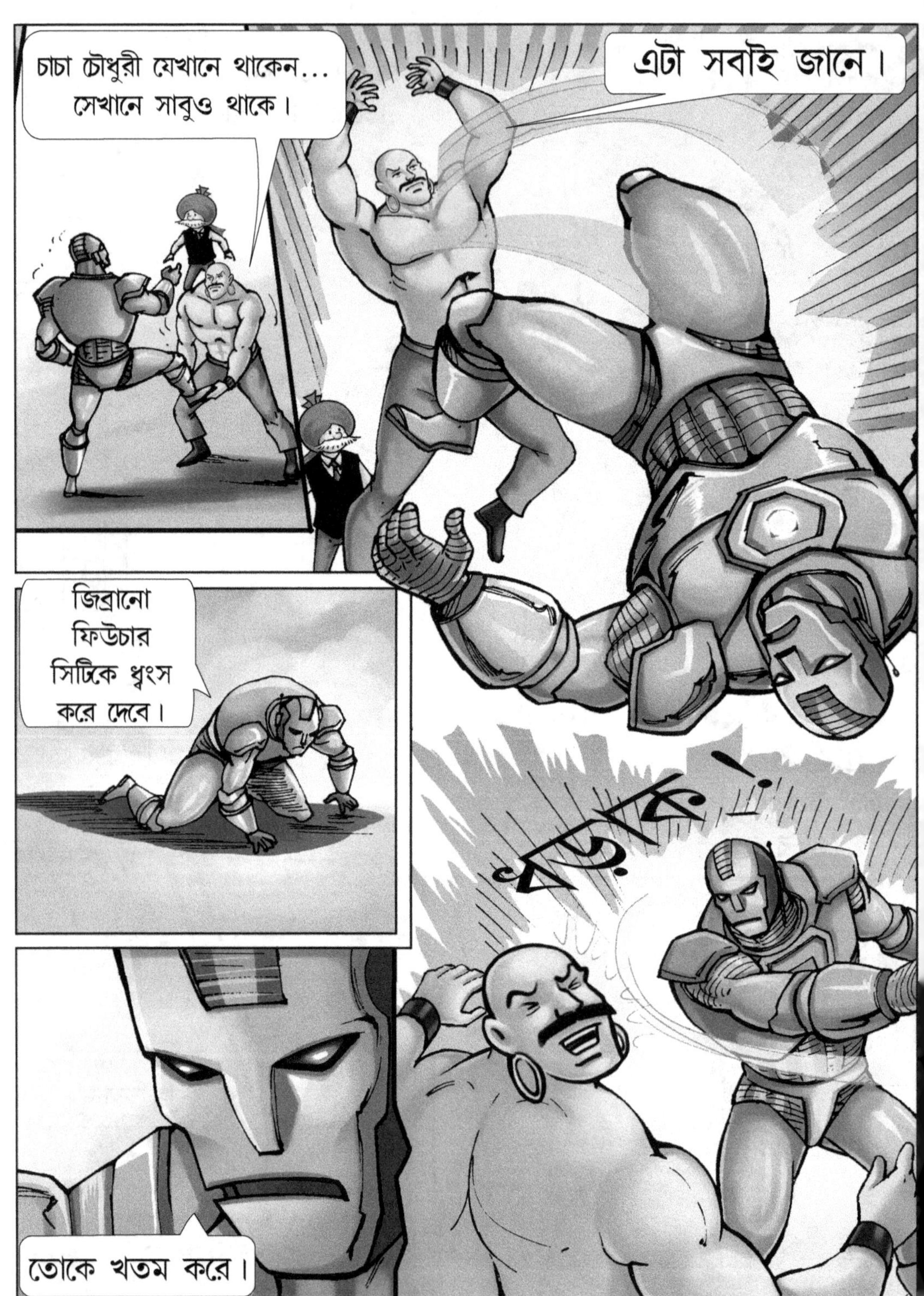

চাচা চৌধুরী যেখানে থাকেন...
সেখানে সাবুও থাকে।
এটা সবাই জানে।
জিব্রানো
ফিউচার
সিটিকে ধ্বংস
করে দেবে।
ধাঁই
তোকে খতম করে।

সাবু তোকে সেটা কখনোই করতে দেবে না।
হা-হা-হা!
পিঁপড়ে হাতীর সাথে টক্কর দেওয়ার চেষ্টা করছে!
তোমার আঘাত এর ওপরে প্রভাব ফেলতে পারছে না কেন?
এর কারণ হচ্ছে এই যে, এ আমার গ্রহ জুপিটার থেকে এসেছে।
ঘড়বম্বা!
কিন্তু তোর ওপরে আমার আঘাতের ভরপুর প্রভাব পড়ছে।

সেই প্রভাব তোকে শীঘ্রই শেষ করে দেবে।
ধড়াক!
সাবুকে সহায়তা করতে হবে।
এর পা দুটো ততটা মজবুত হবে না হয়তো।
বুড়ুম!!

বড়তম ! !
এজন্য আঘাত এর পায়ের ওপরে হানা উচিত।
ওহো... এর তো কিছুই হল না।
বাচ্চাদের খেলনা !
তুই আমার কাছে এক পোকা ছাড়া আর কিছুই নয়।
এসব আমার কাছে খেলনা।
ব্রুম !
যা, শূন্যে উড়ে বেড়া !

ততক্ষন আমি এই ছুঁচোটার ব্যবস্হা করি !
ধড়াক্ !
হা-হা-হা ! আমার সুট্ এক অদ্ভূত পাওয়ার আছে। আমার সাথে যারই মোকাবিলা হয়... এটা তার শক্তি আমার শরীরে স্টোর করতে লাগে। কয়েক মুহূর্তে সে বিনা শক্তির ছুঁচো হয়ে পড়ে।
এমন ছুঁচো... যাকে আমি যেভাবে খুশী...!
... সেই ভাবে শেষ করতে পারি।

এটা আমার শেষ আঘাত, এতেই তুই শেষ হবি।
তোর কাহিনী শেষ! হা-হা-হা !
হা-হা-হা ! চাচা চৌধুরী শেষ... সাবুও শেষ !
আহ হ !

এবার আমার হাতে শেষ হবে পুরো ফিউচার সিটি।
হা-হা-হা !
চাচা চৌধুরী কি সত্যি-সত্যি শেষ হয়ে গেলেন ? সাবু কি জিব্রানোর হাতে সত্যি-সত্যি মারা গেল ? ফিউচার সিটি নামক শহর কি সত্যি-সত্যি ধ্বংস হয়ে পড়ল ?
এই সব রহস্যময়ী, চাঞ্চল্যকর প্রশ্নের উত্তর জানার জন্য পড়ো রোমাঞ্চকারী সিরিজের পরবর্তী সংখ্যা – হাইটেক চাচা চৌধুরী !

চাচা চৌধুরী
আর
কমিক ডন

চাচা জী ! আপনার
অনুমতি চাই !

ফায়নান্সার সাহেব...
আমি অনুমতি দিলাম।
আপনি ফিল্ম
শুরু করুন।

!!
আমার এ্যামাউন্ট
আমার এ্যাকাউন্টে
ট্রান্সফার করে
দিন !

কার ফোন এসেছিল ?

এক ফিল্ম ফায়নান্সার য৩০০ কোটি টাকা খরচ করে আমার জীবনের ওপরে ফিল্ম বানাতে চাইছে।

য৩০০ কোটি ?

গিন্নী ! চোখ বন্ধ করে তুমি কি ঈশ্বরকে ধন্যবাদ জানাচ্ছ ?

না... আমি ভাবছি, য৩০০ কোটি টাকায় আমি কত কিগ্রা. সোনার গয়না বানাতে পারব !
হা ! হা !! মেয়েদের গয়না প্রীতি সারা দুনিয়া জানে।

য়ত্তও কোটি ?

এই খবর কমিক ডনকে জানাতে হবে !

গিন্নী, দিবাস্বপ্ন দেখো না... বাস্তব দুনিয়ায় ফিরে এসো। য়ত্তও কোটি টাকা পুরো ফিল্মের বাজেট।

তার কয়েক শতাংশ আমি পাব।

আর আমি নিজের পুরো প্রাপ্য কোন অনাথালয়ে দান করে দেব।

ডনের ডেরা...!
বাহ! এই কমিক্সের স্টোরীটা মজাদার!
কমিক ডন! চাচা চৌধুরীর কাছে য়ওও কোটি টাকা এসেছে।

সেই টাকা এবার আমার!

চলো... নিজের টাকা নিয়ে আসা যাক।

অসহায় বাচ্চাদের আশীর্বাদ আমাদের সিন্দুক ভরিয়ে তুলবে।
তুমি সঠিক ফয়সালা নিয়েছ।

তুমি ফিল্মে হীরোর রোল করবে ?

না ! মুম্বাইয়ের শিল্পীরা আমার, তোমার আর সাবুর রোলে এ্যাক্টিং করবে।

সাবুর মত বিশাল চেহারার এ্যাক্টর কোথায় পাওয়া যাবে ?

ফিল্মে স্পেশাল এফেক্ট দ্বারা সব কিছু হয়ে পড়ে।
তাই ?

তাহলে তুমি ডায়রেক্টরকে বলে দিও যে, ফিল্মে যেন তোমার চরিত্রের মাথায় টাকের জায়গায় কোঁকড়ানো সোনালী চুল থাকে, মোটা কালো গোঁফ থাকে আর তার উচ্চতা যেন ঠ ফুট হয়।
তার যেন সিক্স প্যাক থাকে আর...!

আরে র র র র!
থামো, গিন্নী!

উনি চাচা চৌধুরীর ওপরে ফিল্ম বানাতে চান...।

... তোমার ড্রীম বয়ের ওপরে নয়!

হীরো স্মার্ট হলে তবেই দর্শকেরা মুভী দেখতে যাবে।
লোকেরা চাচা চৌধুরীর চেহারার থেকে তার বুদ্ধিকে বেশী পছন্দ করে।

তোমার ফিল্মে আমার চরিত্রের জন্য এ্যাক্ট্রেস খুঁজে পেতে ডায়রেক্টরকে মুশকিলে পড়তে হবে। আমার মত সুন্দরী মহিলা আর কে আছে?

হ্যাঁ, ওনার মুশকিল তো একটু হবে।

এ্যাক্ট্রেস টুনটুনও তো এই দুনিয়ায় আর নেই।

তুমি আমার কদর করতে জানো না।
তা নয়, গিন্নী!

তোমার সাথে মস্করা করার আলাদা এক মজা আছে।

চৌধুরী! আমি হচ্ছি কমিক ডন! আমি য়ওও কোটি নিতে এসেছি।

শহর তৈরী হওয়ার আগেই ভিখারীর দল চলে এসেছে।

তোমার নাম কমিক ডন ? এই মজার নামটা কে রেখেছে ?

আমার বাবা ! আমি ছোট্টবেলায় খুব কমিক্স পড়তাম আর শয়তানী করে বেড়াতাম।

এজন্য বাবা আমার নাম রাজু থেকে বদলে কমিক ডন রেখে দিয়েছিল।

তোমার নামকরণের কাহিনীটা বড়ই রোচক।

কমিক্সে হিউমার থাকে আর তুমি গুণ্ডাগিরি করে বেড়াচ্ছ ? !
কমিক্সে হীরো আর ভিলেনও থাকে। ভিলেনের চরিত্র দমদার হয়... এজন্য আমি ডন হয়েছি।

ওস্তাদ, এই লাল পাগড়ী আমাদের কথায় ভোলাচ্ছে।

চৌধুরী! তুমি স্টোরীকে লম্বা আর বোরিং করে তুলছ। কাট টু শর্ট-তে বলো যে, তোমার বাড়ীর সিন্দুক কোথায় ?

সামনের পেন্টিং-য়ের পাশের বাটনটায় চাপ দিলে পেন্টিং এক পাশে সরে যাবে আর সিন্দুক খুলে যাবে।

বাহ হ... কমিক্সর মতই সাসপেন্স !

পেন্টিং তো সরছে না ?

বাটনে আরও কিছুক্ষন চাপ দিয়ে রাখো... সিন্দুক খুলে যাবে।

সিন্দুক তো খুলছেই না !

জাম হয়ে গিয়েছে হয়তো... গ্রীসিং করতে হবে।

ডন ! চাচা জী আপনাকে বুদ্ধু বানাচ্ছে। এর টাকা তো ব্যাঙ্কে হবে।
বাহ... ক্যাপশন ! ভালো বুদ্ধি লাগিয়েছ !

চৌধুরী! চলো, ব্যাঙ্কের এ.টি.এম. থেকে য়ওও কোটি টাকা বার করে আমাকে দেবে চলো।

য়ওও কোটিতে কতগুলো শূন্য লাগে, তোমার জানা আছে ?

এক... দুই... তিন...!?
হিসাব জানা না থাকলে টাকা গুনবে কি করে ?

আমি টাকা গুনে নয়... বস্তায় পুরে নিয়ে যাব।

বেলুন! তুমি চাচা চৌধুরীর গিন্নীকে বন্দুক বানিয়ে রাখো... যতক্ষন না আমি ফিরে আসছি।
এবার এ আমার বন্দী !

এসো, চৌধুরী! ডায়ালোগ বন্ধ... এ্যাকশন শুরু!

এসব কি ব্যাপার ?

কমিক ডন ! সরকারী গাড়ী তোমাকে নিয়ে যেতে এসেছে।
ওয়েলকাম, ইসপেক্টর মোজা !

পুলিশে খবর কে দিল ?

তুমি !
আমি ?!

মনে করে দেখো !

তুমি পেন্টিং-য়ের পাশের বাটনে চাপ দিয়েছিলে। আসলে ওটা ছিল এ্যালার্ম বাটন !

যেটার সিগনাল ইন্সপেক্টর মোজার হাতঘড়িতে বীপ্ করত।

পুলিশ স্টেশন
CRIMES
চাচা চৌধুরীর বাড়ী থেকে বিপদ সংকেত। আমাকে শীঘ্র সেখানে পৌঁছতে হবে।

ইন্সপেক্টর মোজা আসা পর্যন্ত আমি তোমাকে কথার জালে ফাঁসিয়ে রেখেছিলাম।
* চাচা চৌধুরীর মগজ কম্পিউটারের থেকেও প্রখর !

বাইরে দাঁড়িয়ে থাকা সাবু এবার তোমার চাটনী বানিয়ে দেবে। বাইরে গিয়ে সারেণ্ডার করো!

আমি সারেণ্ডার করছি।
হা! হা!!

দাঁড়া, ছারপোকা!
আমাকে আশ্রয় দিন।
গাড়ীতে ওঠো!

জেলের লাইব্রেরীতে তুমি অনেক কমিক্স পড়ার জন্য পাবে।

সব কমিক্সের শেষেই ডনকে হার মানতে হয়!

Word Puzzle

ANEMONE
COD
CORAL REEF
CRAB
DOLPHIN
FISH
FLYING FISH
HALIBUT
HERRING
JELLYFISH
LOBSTER
MORAY EEL
MUSSEL
OCEAN
OCTOPUS

OYSTER
PLANKTON
SALMON
SCUBA DIVING
SEABED
SEAHORSE
SEAWEED
SHARK
SHELL
SQUID
STARFISH
STINGRAY
TURTLE
URCHIN
...LE

Complete this puzzle and send us back to win a surprise prize - write down the following details in block letter: Complete Name, Telephone Number with STD code (Mobile Number), Age, Place of Birth, Date of Birth, Gender, Email ID and Complete Postal Address with Pincode.

Discover Talent @ Diamond Toons
X-30, Okhla Industrial Area, Phase-II, New Delhi-110020
Ph.: 011-40712100, 40712200, E-mail: sales@dpb.in

Draw a line from dot number 1 to dot number 2, then from dot number 2 to dot number 3, 3 to 4, and so on. Continue to join the dots until you have connected all the numbered dots. Then color the picture!

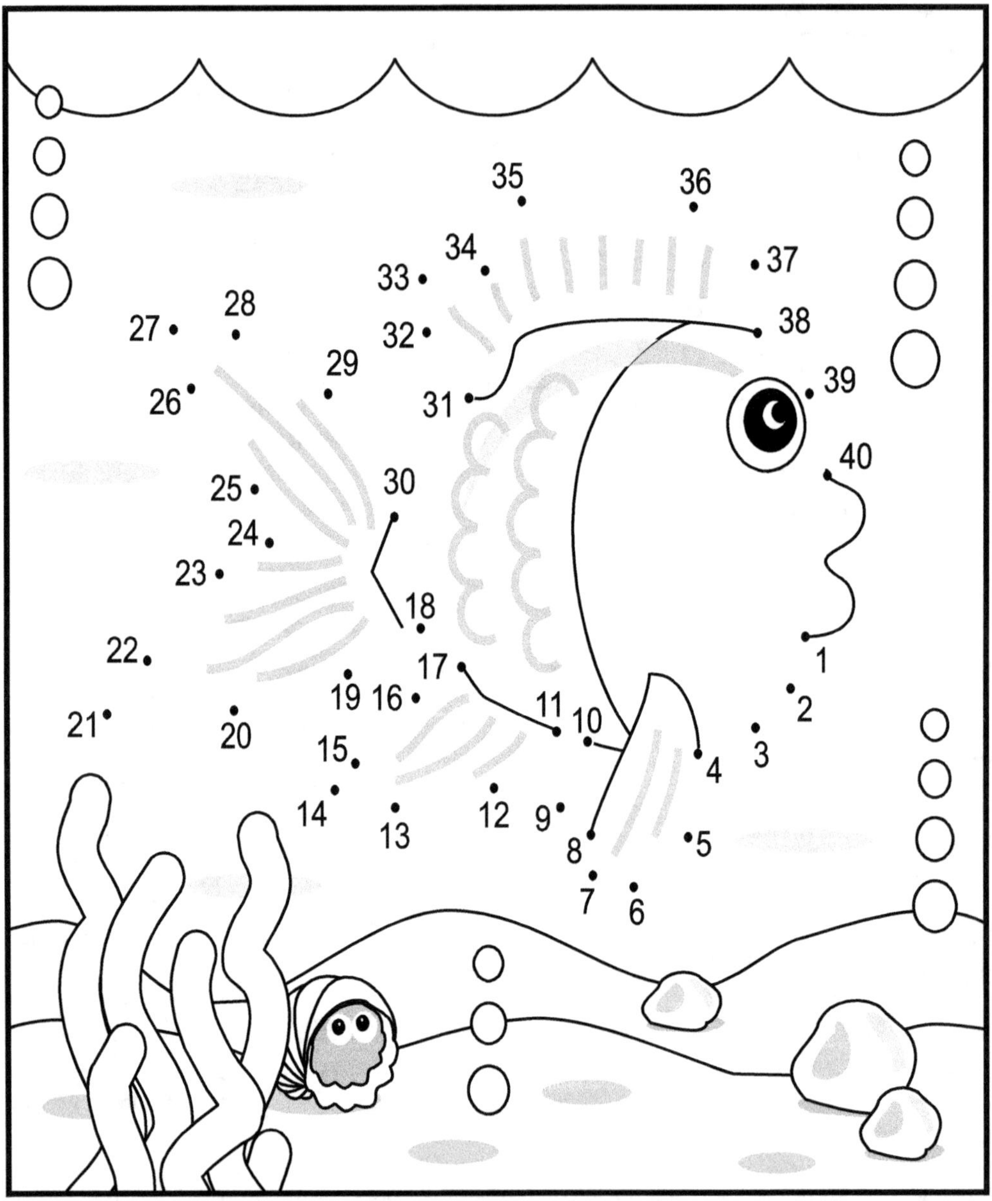

Join the dot and send us back to win a surprise prize - write down the following details in block letter: Complete Name, Telephone Number with STD code (Mobile Number), Age, Place of Birth, Date of Birth, Gender, Email ID and Complete Postal Address with Pincode.

Discover Talent @ Diamond Toons
X-30, Okhla Industrial Area, Phase-II, New Delhi-110020
Ph.: 011-40712100, 40712200, E-mail: sales@dpb.in

Enter the door 1. Get out of the maze through the door 2. Closed doors are locked. Good luck to you !

The Great Indian Biography Series

Available in Hindi, English, Bangla, Marath & Gujarati

Order Now

X-30, Okhla Industrial Area Phase-II, New Delhi-110020, INDIA
Tel.: 40716600 E-mail: sales@dpb.in, Website: www.dpb.in